Batricia

Natacha

Al

Junior

Albert

Bob

LES AS 2 DE LA JUNGLE

Les As de la Jungle 2 – Opération tour du monde
D'après l'univers original de David Alaux, Éric Tosti et Jean-François Tosti
Écrit par David Alaux, Éric Tosti et Jean-François Tosti
Réalisé par Laurent Bru, Yannick Moulin et Benoît Somville
Produit par TAT productions, SND et France 3 Cinéma
Avec la participation de France Télévisions, Ciné+ et du CNC
Avec le soutien de Canal+, de la Région Occitanie en partenariat avec le CNC,
de Toulouse Métropole en partenariat avec le CNC, la PROCIREP, l'ANGOA et la SACEM

10, rue des Arts – BP 38028 – 31080 Toulouse Cedex 6
Loi n° 49-956 du 16 juillet 1949 sur les publications destinées à la jeunesse,
modifiée par la loi n° 2011-525 du 17 mai 2011.

ISBN : 978-2-7089-5711-4
Dépôt légal : août 2023

Cet ouvrage a été réalisé par les Éditions Privat.
Éditorial : Oriane Krief
Corrections : Anne Rastoll
Maquette : Marylin Caryrac
Suivi fabrication : Isabelle Gaudon
Photogravure : Ombre & Lumière (81)
Cet ouvrage a été achevé d'imprimer sur les presses de l'imprimerie SEPEC, à Péronnas (01).
Imprimé en France. 25734230381

IMPRIM'VERT®

LES AS DE LA JUNGLE 2

OPÉRATION TOUR DU MONDE

Privat
jeunesse

Ce soir, à la mare des As de la jungle, Gilbert le tarsier présente sa nouvelle invention aux enfants : une lanterne magique qui projette des images sur un écran.

– Vous êtes prêts ? C'est parti ! lance Gilbert avant de commenter le petit dessin animé qui défile sur la toile. C'est nous, les As ! Il y a Maurice, le grand guerrier tigre, et son fils Junior. Puis le cerveau de la bande, moi, Gilbert, et la plus exquise des créatures, Batricia ! Bien sûr, là, c'est Miguel, les muscles de la jungle… Notre mission, c'est d'aider les animaux qui en ont besoin ! Ah ! Il y a aussi Al et Bob, les gardiens du repaire !

C'est maintenant l'heure de dormir, même pour les As !
Avant de se coucher, Gilbert compte tous les trophées qu'il a gagnés cette année !

– Alors, alors… dit-il, premier prix de maths, premier prix de physique, de chimie, de biologie…

Un peu plus loin, Miguel, Maurice et Junior
se glissent dans leurs lits en feuille de bananier.

– Allez, au dodo… Les grands guerriers aussi
ont besoin de repos. Et puis, c'est pas comme
si des méchants allaient nous attaquer cette nuit…

Pourtant, au-dessus de leurs têtes, un plan terrible
est en pleine exécution : des avions répandent silencieusement
une mystérieuse substance rose sur toute la jungle…

Le lendemain matin, un ami de la jungle attend les As à l'entrée du volcan.

Pepito le rat-taupe a un gros problème : depuis aujourd'hui, quand il fait pipi, il y a une explosion. Il a le pipi atomique, quoi.

Il se prépare à faire une démonstration aux As quand, soudain, Gilbert le retient : sur les plantes, il a repéré quelque chose qu'il reconnaît instantanément.

– NOOON ! Surtout pas de liquide sur cette substance rose ! Il s'agit d'un engrais raté inventé par Albert le tatou, un éminent scientifique. Il nous l'avait présenté lors d'un congrès, il y a très longtemps, mais dès qu'il avait versé de l'eau dessus, tout avait explosé. Regardez !

À peine Gilbert a versé une goutte d'eau sur l'une des feuilles recouvertes de la substance que… BOUM ! La plante est pulvérisée.

– Dans un mois, c'est la saison des pluies… La jungle va être transformée en désert !

Il faudrait vite créer un antidote, mais Gilbert ne sait pas comment faire. Seul Albert en est capable !

– Il n'y a plus une minute à perdre,
il faut aller le rencontrer ! s'exclame Batricia.

– Et on le trouve où, cet Albert ?
renchérit Maurice.

Le problème, c'est qu'Albert a disparu sans explication le lendemain du congrès... Peut-être que sa fille, Camélia, en saura plus.

- Je crois qu'elle habite dans le Grand Nord ! affirme Gilbert.

Non loin de là, au fond d'un repaire inquiétant, Youri le vautour et Sergueï le singe capucin s'approchent d'un castor à l'air diabolique.

– Patron ! Patron ! C'est bon, on a fini de recouvrir la jungle avec le truc rose ! s'écrie Youri.

– Très bien, se réjouit Henri le castor. La jungle sera bientôt détruite… Voici votre nouvelle mission : empêcher les As de la jungle de faire échouer notre plan. Prenez Coco le perroquet, il vous sera utile.

– Coco, approuve Coco.

Les trois compères n'ont pas perdu une minute ! En moins de temps qu'il n'en faut pour dire « Coco », ils ont retrouvé les As, qui volent tranquillement vers le Grand Nord, installés dans un énorme dirigeable.

Sergueï tire une minuscule fléchette dans le ballon de l'appareil…

Pssss…

Lentement mais sûrement, le dirigeable perd de l'altitude. Vite ! Il faut lâcher du lest !

En jetant des sacs de sable par-dessus bord, les As tombent sur deux invités de poids :

– Non ! Nous jetez pas ! s'écrient Al et Bob en surgissant d'un sac.

Tout à coup, la chute s'accélère et le dirigeable fonce tout droit vers le sol glacé… Attention à l'impact !

Des centaines de mètres plus bas,
une jeune tatou s'élance dans un cratère de glace.
Malgré la prothèse qui remplace
sa patte avant droite, elle atterrit
sans peine dans une grande salle sombre
où dorment des centaines de pikas,
de petits êtres mignons mais féroces.
« Surtout, ne pas les réveiller… »
pense-t-elle, concentrée.

En quelques sauts de ninja,
elle rejoint le centre de la pièce,
où se trouve un totem en bois.
« Ça y est, je l'ai ! »

Soudain, PAF ! Les As finissent leur chute contre le toit glacé de la grotte juste au-dessus d'elle, réveillant les terribles gardiens du totem…

– Vo-leuse, vo-leuse, vo-leuse, scandent les pikas.

Il faut partir, et vite !

À la surface, les As se remettent de leur chute.

À cet instant, la terre se met à trembler et, dans une immense explosion de neige, jaillissent une armée de pikas et… une tatou… c'est Camélia !
BIM ! BANG ! BOUM ! Les bestioles sont mises KO sous les yeux admiratifs de Maurice.

– Tiens, ton bras, dit Maurice.

– C'est gentil… et à qui ai-je l'honneur ? répond Camélia.

– Nous sommes ici pour te rencontr… commencent Al et Bob.

Avant de pouvoir terminer leur phrase, Al et Bob ont été propulsés en haut d'une montagne par des lapins des neiges venus remercier Camélia d'avoir récupéré leur totem. Cachés dans la neige, ils observent un vautour et un singe mettre en place un piège avant de disparaître.

– Attention ! Arrêtez-vous ! hurlent Al et Bob en voyant, en bas de la montagne, les As se diriger droit vers le traquenard.

À force de crier, les crapauds ont déclenché une avalanche qui emporte tout sur son passage. Les As finissent leur course sur un iceberg… Cric… Crac…

Plouf ! Ce bout d'iceberg est un bateau-glaçon parfait pour se lancer à la recherche d'Albert, avec l'aide de sa fille, Camélia.

Au bout de quelques jours, le bateau improvisé commence sérieusement à fondre. En plus de ça, il n'y a plus de vent du tout. Quelle galère !

Les As ont soif, ils ont faim... surtout Miguel, qui rêve de retrouver ses chères bananes. Ça donne une idée à Gilbert, qui lance :

– Là où on va, il y a peut-être des bananes !

– Bananes ? Youhou ! s'exclame Miguel.

Effet immédiat ! Le gorille se jette à l'eau et se transforme en moteur vivant. Ouf ! Ils sont sauvés…

Haut dans le ciel, Youri, Sergueï et Coco dépités regardent les As s'éloigner.

Les As et Camélia ont accosté sans problème dans le désert.

Ils marchent depuis des heures dans les dunes quand, au loin, apparaît une oasis. Mais Camélia continue de chercher les traces de son père Albert… Maurice regarde l'aventurière avec des étoiles dans les yeux. Il aimerait lui parler, mais il a trop peur d'être maladroit !

Et puis, ce n'est pas le moment…

– J’ai trouvé un message de mon père ! s’écrie-t-elle.
Vite ! Allons-y !

D'indice en indice, les As finissent par trouver la cachette d'Albert dans la Bambouseraie.

– Papa... c'est moi, Camélia, ta fille... commence la jeune tatou.

Mais Albert ne la reconnaît pas.

– C'est bien moi, insiste Camélia, émue.

Albert aperçoit la prothèse de sa fille et soudain, tout lui revient. La dernière fois qu'il l'a vue, elle était toute petite. Il l'avait retrouvée recroquevillée sur le sol de son laboratoire, blessée à la patte par la maudite substance rose. Honteux, il avait préféré disparaître.

– Tout va bien papa, je suis là maintenant. Et on a besoin de toi.

Les As ont tout expliqué à Albert
qui accepte sans problème de fabriquer l'antidote.
Mais il y a un hic : il manque un ingrédient
qu'on ne trouve que chez les adorateurs
du cercle sacré qui pue.

Et c'est reparti ! Les As et leurs nouveaux compagnons
reprennent la route. Arrivés dans un village de campagne,
ils suivent le chemin des Bouses
qui les mène, à l'odeur, à l'entrée d'une cave.

– Regardez, dit Albert, ils ont récolté des chardons
afin de fabriquer de la présure, un ingrédient
qui leur sert à faire du fromage…

– Ah… répondent mollement les As, pas très intéressés.

– Et la présure, c'est aussi l'ingrédient manquant de l'antidote ! précise le professeur.

– AAAH ! s'exclament-ils tous, revigorés.

Pour s'en emparer, il va falloir s'introduire dans un lieu farouchement gardé par trois dobermans. Mais Gilbert a une idée : à l'aide d'un ingénieux système, il projette contre un rocher un petit dessin animé qui hypnotise les gardiens. Les As peuvent alors se faufiler discrètement dans la caverne…

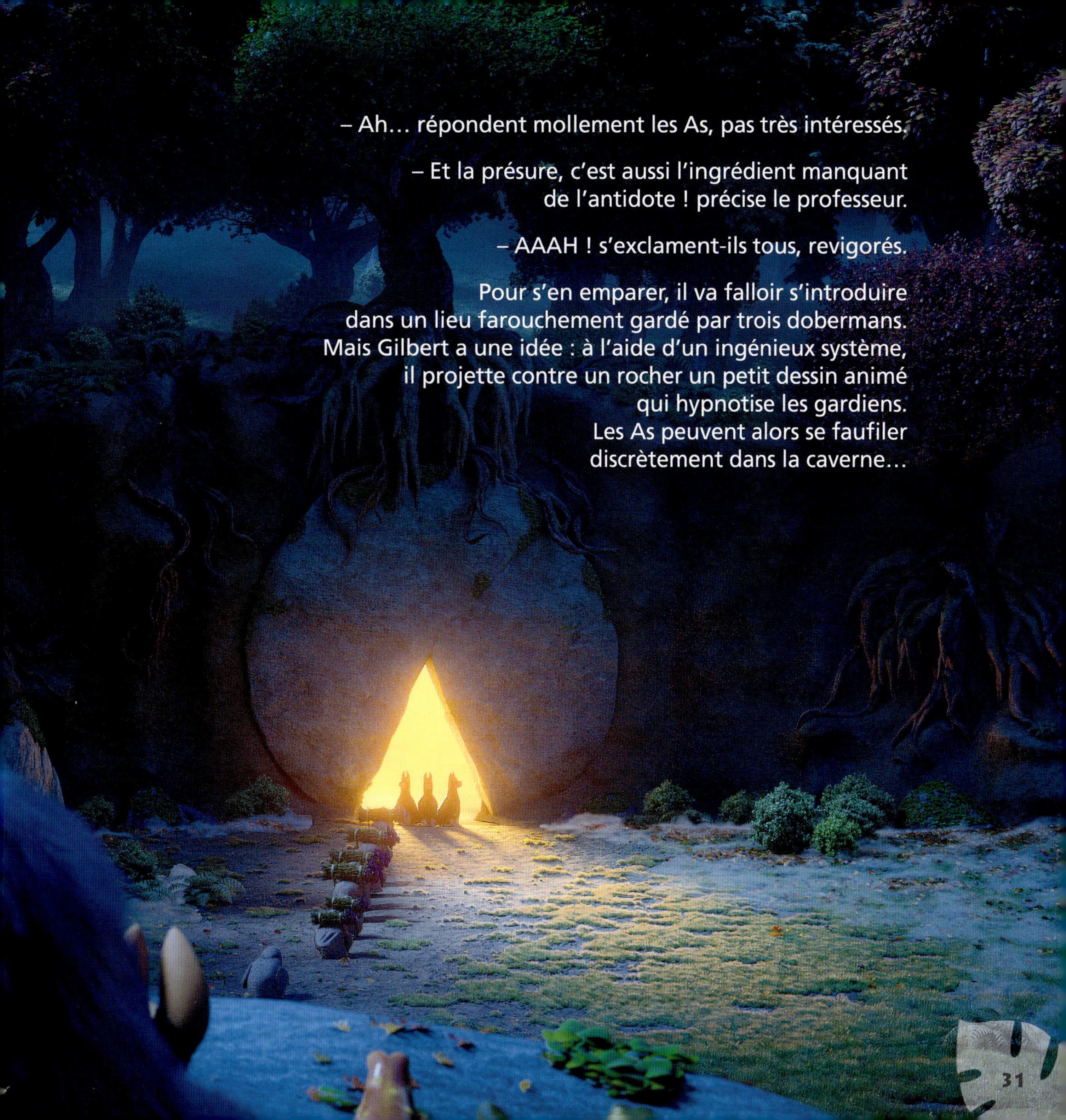

– Alors, hum… la présure devrait se trouver par là… euh, non, par ici… euh…

Albert, qui perd un peu la boule, tourne en rond : il ne sait plus où est conservé le précieux ingrédient ! Les As se séparent pour être plus efficaces.

Gilbert, Albert et Batricia repèrent bientôt une porte gardée par deux autres chiens. C'est sans doute là que se cache la présure… mais il faut se débarrasser de ces toutous. Le tarsier réfléchit à toute vitesse à un moyen super-stylé de récupérer l'ingrédient.

Mais Albert est plus rapide ! Il lance une balle de sa fabrication dans le couloir.

– La baballe ! La baballe ! s'écrient les chiens, avant de se lancer à sa poursuite.

Batricia a réussi à récupérer
l'ingrédient secret
en un tour d'aile. Victoire !

Enfin… presque. Les chiens, lancés à pleine vitesse, tombent nez à nez avec Miguel qui se gave de fromage dans un coin… L'alerte est lancée !

Nos héros prennent leurs pattes à leur cou, suivis par une horde enragée d'adorateurs du cercle sacré qui pue !

Vite, vite, ils se précipitent hors de la grotte.

Arrivés dans la forêt, ils sont sauvés. Ouf !
Au loin, leurs poursuivants les ont complètement oubliés et rient comme des baleines devant le dessin animé de Gilbert.

Il ne reste plus beaucoup de temps ! Toute la compagnie s'embarque sur un bateau, direction un ascenseur qui traverse la Terre jusqu'à la jungle – encore une invention géniale d'Albert.

Tout à coup, sortis de nulle part, Sergueï et Youri fondent sur l'embarcation, s'emparent de la fiole de présure au vol et remontent dans le ciel. Heureusement, les As les rattrapent et ligotent les deux affreux.

– Alors, comme ça, ces sinistres personnages voulaient nous empêcher de sauver la jungle… Ils doivent avoir un chef, suppose Gilbert.

– Bravo ! C'est exactement ça ! applaudit Youri le vautour, qui n'est pas très malin. Il s'appelle Henri, il vit en haut d'une grande montagne…

– Continue… l'encouragent Gilbert et Maurice.

La petite troupe peut bientôt s'installer dans l'ascenseur secret
d'Albert, qui s'élance à toute vitesse à travers un tunnel.
Mais à l'arrivée, mauvaise surprise...
Il n'y a pas de sortie de ce côté de la Terre !

– Je suis désolé, murmure Albert,
j'avais oublié ce détail…

– Coco, fait discrètement Coco
en s'échappant par un trou minuscule
pour aller prévenir Henri que les As ont échoué.

C'est trop injuste ! Ils n'arriveront jamais
à temps pour sauver la jungle !
Perdu pour perdu, Maurice avoue son amour à Camélia.

– Je sais, c'est complètement ridicule, pardon...
commence le guerrier.
– C'est pas ridicule du tout, moi aussi
j'ai complètement craqué pour toi !

Miguel, lui, pense aux bananes qu'il aime tant
et qu'il ne reverra jamais…
– Bananes… Plus de bananes ? Miguel triste ! Miguel tout casser !

« Tout casser » ? Mais c'est parfait, ça, pour creuser une sortie !

Les As peuvent enfin rejoindre leur jungle adorée.
Ils se précipitent dans le laboratoire de Gilbert,
où Albert peut préparer l'antidote et le tester.

Ça marche ! Et maintenant…

– Il est temps de sauver la jungle !
s'exclament-ils à l'unisson.

À présent, cap sur l'antre
d'Henri pour la dernière
étape de leur plan.

Dans son repaire, Henri mène à la baguette une horde de castors hypnotisés qui fabriquent, plient et rangent des milliers de huttes.

– Vous arrivez trop tard, jubile Henri, mon plan est en marche ! Une fois que la jungle sera entièrement rasée, je vendrai à prix d'or des tentes aux animaux privés de maison… Génial, non ?

– Mais… comment tu as fait pour recréer ma formule ? s'étonne Albert aux côtés de ses compagnons. J'avais pourtant tout détruit !

– Après ta conférence, je me suis introduit dans ton laboratoire pour voler la formule… poursuit Henri, se tournant vers Gilbert. Mais Camélia m'a surpris, et a tenté de m'en empêcher. Dans la précipitation, j'ai laissé échapper une fiole de substance sur elle… et elle a perdu sa patte.

– D'ailleurs, Gilbert, as-tu remarqué que le juge de tous tes précieux concours... c'était moi ? Merci de m'avoir aidé à reconstituer la formule !

Gilbert, horrifié, comprend alors qu'il a, bien malgré lui, aidé le castor maléfique à réaliser son plan.

Tout n'est pas perdu ! L'antidote peut encore sauver la jungle ! Mais il faut faire vite, l'orage gronde déjà.

L'urgence ? Neutraliser les sbires hypnotisés qui arrivent de toutes parts tandis qu'Albert file dans le laboratoire d'Henri avec l'antidote.

– Eh ! Miguel ! crie Maurice en plein combat. Tu peux les taper, ça va les déshypnotiser !

Miguel ne se fait pas prier :

– Taper, taper, taper !

Les castors retrouvent peu à peu leurs esprits.

– Tant pis pour vous ! fulmine Henri. Vous m'obligez à sortir les grands moyens… Arnold !

Un énorme castor plein de muscles sort de sa cachette et se dirige vers Maurice d'un pas menaçant…

tous les deux le castor géant.
BIM ! PAF ! BOUM !

Pendant ce temps, Gilbert déverrouille la porte tandis que les esclaves, libérés par les As, se révoltent contre Henri.

D'un puissant coup coordonné, Camélia et Maurice envoient valser Arnold qui s'écrabouille comme une crêpe.

Les rouages se mettent à tourner, la porte s'ouvre… Il est temps de filer ! Ou, plutôt, de décoller.

Dehors, les habitants de la jungle assistent
impuissants à la destruction de leur forêt
par l'orage qui avance vers eux.
Les arbres et les plantes disparaissent
un à un dans des explosions rose fluo…

Alors que tout semble perdu,
des avions surgissent au-dessus d'eux
à pleine vitesse pour répandre l'antidote.

Hourra ! Hourra ! Tous les animaux se tombent dans les bras,
fous de joie. La jungle est sauvée !

Le soir même, les As fêtent leur victoire autour d'un dîner étonnant proposé par Miguel : des bananes… au fromage ! Miam !

Entre deux bouchées, Maurice observe Camélia qui s'est isolée au bord d'une falaise. Il prend son courage à deux mains et la rejoint.

– Euh, Camélia, qu'est-ce que tu vas faire maintenant ?

– Tu sais, Maurice, je n'ai pas l'habitude de prévoir ce qui arrive… mais là, je pense qu'il y a une toute nouvelle aventure à l'horizon…

– Ah bon ? Où ça ? demande Maurice.

– Ici, idiot ! répond Camélia avec un grand sourire.

Camélia et Maurice échangent un regard amoureux et se penchent l'un vers l'autre… tandis qu'un superbe coucher de soleil fait briller la jungle de mille feux.

Coco

Miguel

Al

Henri

Maurice

Gilbert